Miriam Macchioni

IL PICCOLO BASTARDO

Youcanprint *Self-Publishing*

Titolo | Il piccolo bastardo
Autore | Miriam Macchioni

ISBN | 978-88-92616-32-5

Youcanprint Self-Publishing
Via Roma, 73 - 73039 Tricase (LE) - Italy
www.youcanprint.it
info@youcanprint.it
Facebook: facebook.com/youcanprint.it
Twitter: twitter.com/youcanprintit

IL PICCOLO BASTARDO

Sommario

IL PICCOLO BASTARDO

Questo è il racconto di un personaggio molto speciale. La sua sensibilità lo ha caratterizzato in maniera del tutto particolare. È un tipo introverso, chiuso, amante della tranquillità. Un soggetto che nonostante il suo atteggiamento aristocratico e critico si è sempre rivelato molto buono e alla sua maniera, affettuoso. Desidero tramandarvi la storia della sua vita, dalla nascita a oggi, così com'è, senza apporvi nessun giudizio o modifica. Le pagine di questo diario sono ricche di sentimenti, capaci di emozionare ogni cuore, anche il più duro. Una storia che racconta il presente e il passato, tra ricordi, nostalgie e speranze per un futuro migliore.

IL PICCOLO BASTARDO

Questo è il racconto della mia vita. La mia esistenza non mi ha offerto da subito una vita agiata. Ho affrontato brutti periodi e momenti di sconforto e sgomento. Sono stato triste e molte volte mi sono chiesto perché fossi nato, per quale motivo dovessi soffrire così. Sono un tipo molto sensibile, abbastanza equilibrato e molto buono. Sono anche chiuso, introspettivo e solitario. Quello che vi voglio raccontare sono i sentimenti, le emozioni travolgenti e i pensieri che hanno attraversato la mia mente sia durante i momenti difficili, sia quando il sole sembrava sorgere e tutto andava a gonfie vele. È la storia della mia vita, e quella delle mie impressioni. Sono un soggetto un po' apprensivo e tutto mi turba. Sono sempre in ansia per il timore che possa accadere qualcosa di brutto, forse proprio perché l'inizio della mia vita è stato un po' traumatico. Sembro scontroso e malinconico, ma questo è solo dovuto alla paura che mi porto dentro. È difficile da allontanare e sto sempre in allerta. Anche adesso che sono adulto e sono circondato da persone che mi vogliono bene e da amici simpatici, ho sempre il terrore che possa succedere il peggio. Cerco di cambiare ma mi è molto difficile. La paura di perdere le persone care e tutto ciò cui tengo, è sempre in agguato. In certi momenti sono così stressato che mi viene la dermatite. Spesso sono vittima di attacchi di tosse che non mi danno tregua. Insomma dovrei calmarmi un pochino, ma non sempre è facile e possibile. Ognuno di noi fa il meglio che può e in questo momento della mia vita cerco di dare il massimo per correggere i miei difetti. A volte mi rendo conto, di essere anche un po' troppo geloso. Lo so, non sono perfetto, ma chi lo è del resto? A volte mi sento un po' uno scherzo della natura, giusto perché sono nato il 1° Aprile del 2008.

Andiamo, però, per gradi. Iniziamo il racconto da quando arrivai felice sulla terra ferma, dalla pancia della mamma. Lì dentro eravamo un po' stretti perché lo spazio era angusto e noi eravamo quattro fratellini. Quando nacqui, era un bellissimo giorno di primavera e il sole brillava nel cielo azzurro mare. Tutto sembrava essere di buon auspicio, ma le cose non sono sempre come noi ci immaginiamo. Non credevo di certo che la mia felicità sarebbe durata poco.

IL PICCOLO BASTARDO

LA MIA NASCITA

"Sto per nascere, che bello!", era il mio pensiero mentre seguivo la via d'uscita che mi avrebbe portato alla luce. Non sapevo che fosse una così bella esperienza! Mi viene quasi da piangere al ricordo ma non so se posso farlo; forse in altre circostanze e tempi l'avrò anche fatto ma non ora! Adesso desidero sorridere! Sono emozionato ma non riesco a esprimerlo. Sono qui insieme agli altri miei fratellini, uno più bello dell'altro. Siamo tutti diversi. La nostra mamma ora ci sta nutrendo e ci vuole bene, lo sento. "Che angoscia però, perché mi sento così strano?". "Uffa, eppure poco fa ero al settimo cielo. C'è qualcosa che non mi piace e non lo comprendo. Sento voci, ma non capisco cosa dicono.". Sono piccolino, l'ultimo nato di quattro fantastici esserini, teneri e dolci. È stato un parto travagliato, la mamma è stanca ma ci nutre con amore. Nell'aria vibra qualcosa di negativo. Per ora però, ho solo molta fame e succhio, come un forsennato, *il mio lattino*. Lo devo condividere con gli altri ma non è un problema, ce n'è per tutti. Le mamme sono davvero una forza della natura. Dovrebbero dare loro un premio; sì, se lo meritano! Fanno sempre molto per i loro figli, a volte anche troppo. Le mamme svolgono sempre lavori encomiabili, curano i loro piccoli, li allattano, insegnano loro a giocare e anche a interagire con il creato e le sue creature. Se non ci fossero, dovrebbero inventarle. La natura pensa a tutto e ce le ha offerte. Che bello avere una mamma! Vorrei avercela per tutta la vita, ma quando si è indipendenti, è giusto prendere la propria via, il proprio destino. Così è fatta la nostra esistenza! Il ciclo vitale è un cerchio: si nasce, si cresce, si diventa adulti e poi si lascia il corpo fisico; ma il bello è che ci siamo sempre. Cambiamo corpo come un abito, ma siamo tutti esseri immortali. Il nostro soffio di vita è sempre in perfetta armonia con il creato ed è pronto a reincarnarsi in qualche altro corpo se non abbiamo terminato la nostra crescita evolutiva. Una volta liberati, allora forse, non cercheremo più un corpo. Questo ci serve solo per continuare a imparare la lezione. Il meraviglioso mondo che si manifesta ai nostri occhi è un laboratorio dove imparare a vivere, in armonia con il divino. Ora sono qui, appena nato e mi chiedo del perché della vita. Non è un po' troppo presto? Mi sento già grande, adulto e maturo, ma sono solo uno scricciolo che non riesce a muovere nemmeno gli arti. Ecco qualcuno mi ha preso in braccio e mi accarezza, dicendomi che sono carino, poi fa lo stesso con i miei fratelli. Non so chi sia, non lo conosco, comprendo che è molto dolce e ci ama molto. Non mi sembra un adulto. Forse ha qualche anno in più di me, non penso sia tanto grande. "Sì, adesso ho compreso!", ho subito pensato quando ho sentito il nome, mentre le dicevano di stare attenta a non farci del male, poiché siamo ancora piccolini. È una bimba che mi tiene in braccio; io invece sono un maschietto. Mi sono dimenticato di dirvelo. Noi fratellini siamo due maschietti e due femmine: belli come il sole. Ora però, sento una voce più forte e stizzita che dice che non è possibile tenerli. "Tenere chi?", mi chiedo! La bambina piange e la mia mamma si accoccola ancora più vicina a noi come per volerci abbracciare tutti, insieme. Ci vuole tenere tranquilli perché ha compreso che qualcosa di brutto sta per accadere. Qualcuno dice che prima bisogna aspettare lo svezzamento e poi si vedrà. A quanto comprendo in questa casa non ci possiamo rimanere. "Perché?" mi domando. "Che male abbiamo fatto?". È come se mi venisse da vomitare. Infatti, mentre i miei fratelli continuano imperterriti a nutrirsi, io preferisco rimanere in un angolino solo. Ho voglia di pensare. Faccio finta di dormire, così nessuno mi può disturbare e così immagino e sogno. Sono un tipo particolare, amo visualizzare cose meravigliose e fantastici accadimenti, poi però tutto nella mia vita va al contrario. Mi sto già chiedendo che esistenza sarà mai la mia. Sì, sono un tipo introspettivo e cerco sempre di comprendere cosa sta accadendo intorno a me. Sono piccolo ma diverso, lo sento. Mi sto accorgendo anche che qui non siamo tanto al sicuro. Ci sono cattiva energia e una brutta aria. Forse sto sognando, oppure sono stanco del parto. In effetti, è stato un po' faticoso. Ero impaziente di uscire, ma c'erano prima i miei fratellini, quindi ho dovuto aspettare e il posto non era dei più comodi! Ci sono volute molte ore prima che riuscissi a vedere la luce del sole. Ero così contento e ora mi sento angosciato. Non capisco molto bene dove sono, mi sento soffocare. È come se presagissi qualcosa di poco piacevole. Sì, io sono molto sensibile, introverso ed empatico. Comprendo molto bene le emozioni altrui, sento l'energia, e quando è negativa, mi fa brontolare il pancino. Ora sono in subbuglio e mi scappa la cacca. Forse ho mangiato molto. Quando sono nervoso, mangio tanto e poi tutto mi rimane sullo stomaco. Ora sono in braccio alla bambina che non capisco chi sia, ma con lei sto bene. Passano i giorni e mi sento sempre un po' strano. Ci sono alti e bassi che mi destabilizzano un pochino. Per fortuna c'è sempre lei, la bambina che mi coccola e tutto allora mi sembra meraviglioso. Sono venuti a visitare noi e la nostra mamma. Sembra che stiamo tutti molto bene. C'è sempre però quella voce cattiva che dice che a breve dovremmo prendere il volo. Chissà cosa significa tutto questo. Ho paura per i miei fratellini e per la mia mamma. Quell'antipatica, lo sento non farà niente di buono. È cattiva e sgrida sempre anche la mia amichetta. Sì, la bambina con noi è proprio carina. Poi però, arriva la strega e chiama: "Angela, hai finito?". Ha sempre qualcosa da farle svolgere, pur di non permetterle di passare il tempo con noi. Eppure lei è molto buona, accudisce la mia mamma e l'aiuta a curarci. Insomma alla fine siamo in quattro; non è semplice tenerci tutti sotto controllo. A volte, noi figli non ci comportiamo bene, ma non facciamo apposta. Spesso siamo indisciplinati, solo perché vogliamo correre, conoscere il mondo. Siamo piccoli e pieni di energia che dobbiamo utilizzare per crescere e quando trotterelliamo di qua e di là per divertimento, non è per fare arrabbiare le nostre mamme. Loro sono un po' apprensive a volte e così ci richiamano all'appello. Spesso facciamo finta di non sentirle, poi, loro arrivano e ci prendono con la forza. Non ci fanno male, però ci costringono a stare sotto il loro occhio vigile. La mia mamma è molto brava, ma non tutte lo sono. Per esempio quella di Angela è una megera. Angela, invece, è tanto buona. Spesso ci porta al parco tutti, insieme. Con lei e la nostra mamma ci divertiamo molto. È bello stare all'aria aperta. Sento però che a breve tutto ciò finirà. Angela spesso piange e non so il perché. Non capisco perché io e i miei fratellini ci troviamo in questa situazione. La mia mamma è impotente, non può fare nulla e spesso la sento piangere. Mentre ci allatta, le scendono le lacrime. Mi sento incapace di agire e ciò mi rende l'esistenza impossibile. Questa situazione mi sta dando dei problemi anche dal punto di vista fisico. Mentre prima mangiavo troppo, ora invece non mi va nulla; sono un po' magro, almeno così mi sento dire. La strega mi odia e continua a farmi i dispetti. Dice che sono il peggiore, che sono insignificante. Si lamenta anche del mio colorito, insomma di me non le piace proprio niente. La mia mamma sembra accorgersene e mi tiene sempre vicino, ma la megera, ho capito, vuole liberarsi di noi. Oramai abbiamo tre mesi e lei non ha intenzione di darci altro sostentamento. "Bisogna prendere dei provvedimenti!", ecco cosa ha detto l'altro giorno, proprio mentre mangiavamo. Il poco che ho inghiottito mi è rimasto tutto sullo stomaco. Sembra che ai miei fratelli non interessi. Loro sono sempre felici, forse non hanno ben compreso che tra poco non avremmo più né una casa, né un'amica. Forse neanche la nostra mamma.

L'altra sera ho sognato che mi portavano via.

IL PICCOLO BASTARDO

Era una notte buia e tempestosa. Sono stato prelevato mentre dormivo con i miei fratellini. La mia mamma non si è accorta di nulla ed io mi sono ritrovato tra le braccia di un uomo che non conoscevo. Mi ha portato fuori, al freddo e al gelo e mi ha detto: "Finalmente non ti vedrò più moccioso di un bastardo!". Così urlando mi ha lanciato nel fiume a pochi chilometri da casa mia. La corrente a causa del vento era travolgente. Non potevo aggrapparmi da nessuna parte; sono piccolo e le forze mi sono mancate subito. Stavo congelando e trasportato dalla corrente impetuosa delle acque, sentivo il mio corpicino andare a fondo. Stavo bevendo troppa acqua, nessuno si era accorto della scena e quindi, chi avrebbe potuto salvarmi? Ormai ero quasi annegato, mentre le mie piccole membra erano sbattute contro le rocce che sporgevano dalle fangose acque. Speravo di morire e non soffrire. Stavo male, volevo gridare, ma non potevo. Piangevo e speravo...

Mi sono accorto che sognavo perché mi stavo lamentando nel sonno e la bambina era accorsa a confortarmi. Stavo quasi morendo di paura, tanto che ho bagnato il materassino. Avevo fatto così tanta pipì che ero fradicio. La mamma si era svegliata e si era alzata, ma Angela l'aveva rassicurata: "Torna a dormire, ci penso io a Cesare". "Ecco come mi chiamo!", pensai. Nessuno mi aveva ancora rivolto la parola chiamandomi per nome. Non credevo nemmeno di averne uno! Veramente non ci pensavo proprio. Bello, però, importante! Chissà chi l'avrà scelto? Comunque mi piace; forse un po' troppo impegnativo e ridondante. Mi servirà per darmi un po' di forza. Forse ne avrei preferito uno più semplice. Comunque risponderò a questo. "Che bello, ho un nome, tutto mio!". Sono felice di non dover condividere altro. Questo nome è solo mio. Sì, lo so, sono un po' geloso. Inizio a capire qualcosa del mio essere e della mie tendenze. Vedo con afflizione che sono abbastanza possessivo. Non amo dividere niente con nessuno. Tutto ciò mi fa soffrire. Anche quando la mia mamma da più attenzione agli altri, mi assale quella malinconia che mi fa sentire molto male. Dovrò fare qualcosa per cambiare atteggiamento.

IL PICCOLO BASTARDO

IL TRASLOCO

Il giorno tanto temuto è arrivato. La mamma ormai non si prende più cura di noi come il solito. L'unica che ci coccola e ci dà da mangiare è la piccola Angela. Sembra che più nessuno s'interessi a noi. La megera ci maltratta sempre, ma oggi canta mentre fa i mestieri di casa. È felice perché finalmente ce ne andiamo. "Sì, ma dove?", mi sono chiesto. Angela piange, mentre l'antipatica le dice di smetterla. Deve andare a scuola e non c'è tempo da perdere. Noi dobbiamo sparire, tutti e cinque. Urla e pianti si confondono e mentre le voci si accavallano, odo la donna brutale sbraitare: "L'avevo detto a tuo padre che non la volevo in casa!". "Sei cattiva mamma!", dice Angela mentre piange. "Ora mancano anche i quattro bastardi!". Che cosa significasse quella parola non lo sapevo, era strano perché mi avevano chiamato così anche nel sogno. Eppure avevo un bel nome, Cesare. Perché mi chiamavano bastardo? Era rivolto, però anche ai miei fratelli e questo mi dava molto fastidio. È qualcosa di brutto che non posso comprendere. Forse è meglio così. Angela non si sentiva più, ma è andata a scuola come tutte le mattine. Quando manca lei, mi sento trascurato e poi ho paura di sua madre. La cattiveria che ha, è davvero senza limiti. Spero sempre che non ci faccia del male. Per fortuna fino ad ora siamo sopravvissuti. Dove finiremo adesso? C'è aria di trasloco e non so, dove andremo. Siamo ancora piccoli, anche se la mamma ci considera già adulti. Uffa! Era così bello stare accoccolato ad ascoltare il suo cuore. Mi sta venendo il panico. Qualcuno ha bussato alla porta. Sono due persone con voci carine e tranquille. Sembrano mansuete, inoffensive. La mamma di Angela le fa entrare. Sembra cordiale. Non lo è mai stata così con noi. Spiega qualcosa di noi e poi come dei ladri ci prelevano e ci portano via. Siamo tutti su un'auto spaziosa e le persone con noi sono carine e affabili. La mia mamma è rimasta con la megera. Sto piangendo molto, pensando anche a lei. Spero che non le facciano del male. Così me la immagino e le invio tanto amore. Il viaggio non è stato breve ma nemmeno lungo. Ora siamo arrivati ma il luogo non mi piace; mi sembra un posto tanto malinconico. Non mi piace questo posto. È triste. Ci sono altre creature come noi. Sembrano tutte desolate e sconsolate. Certo che se fossi dovuto rimanere lì in eterno, avrei preferito morire. Naturalmente, ci hanno anche diviso. Come se non avessimo sofferto abbastanza! Le nostre sorelline non so, dove sono andate, non le ho più viste. Questo è un giorno di disperazione per me... separato dalla mia mamma e dalle mie sorelline. Le ho salutate mentalmente e ho augurato loro il meglio che la vita possa offrire. *Diana e Diva*, quelli sono i loro nomi. Come il mio, li aveva scelti, certamente, Angela. Per mio fratello che era stato il primo a nascere ed era bel pacioccone era stato scelto il nome di *Ettore*. Un nome alto sonante come lo è lui. Quando si vuole far sentire, sembra un esercito intero. Finché non viene ascoltato, non dà tregua. È insistente e abbastanza invadente. S'impone su tutti. È sempre il primo a mangiare e sembra che non voglia mai smettere. È sempre stato il più forte di tutti, forse proprio per il nome che portava. Eravamo un bel quartetto. Peccato che ci abbiano diviso.

Questo posto è pieno di persone gioviali, carine e affettuose ma non mi piace stare qui. No, neanche un po'! Ogni tanto qualche altro amico se ne va via e qualcun altro arriva. È un porto di mare questo luogo oscuro. È un centro di accoglienza, dove tengono tutti quelli che sono abbandonati e non hanno una famiglia. Che bello averne una tutta propria! Secondo me è la cosa più fantastica. È straordinario essere circondato da persone che ti amano, ti vogliono bene, ti curano con gioia. E certo! Non tutti al mondo sono fortunati. Spesso mi chiedo chi si merita tanto odio e chi tanto amore. Non lo so, forse abbiamo fatto qualcosa in passato e questo è il risultato, l'effetto di un'errata causa. So solo che mi sento terribilmente desolato e abbattuto. Avere una mamma e tre fratelli e all'improvviso rimanere solo (così mi sento!) è un avvenimento che segna. Ettore sembra prendere tutto con filosofia; non gli importa nemmeno che non ci siano più le nostre sorelline. Esse hanno un particolare feeling. Sono molto legate tra di loro, sembrano gemelle siamesi. Spero non le dividano mai, altrimenti ne soffrirebbero molto. Speriamo che siano adottate da qualche cara famiglia.

Sapete che bello, pochi giorni dopo il nostro ricovero in questa prigione, è venuta a trovarci Angela. È stato eccezionale. Siamo stati in giardino con lei. Prima è stata con noi poi ci ha detto che sarebbe andata nell'altro padiglione a trovare le mie sorelline. Che bello, senza dubbio anche loro saranno state felici. Purtroppo però è stata l'ultima volta che ho visto Angela. Forse la megera le ha vietato di venire a trovarci ma è probabile che non voglia più soffrire. Ho sentito molta nostalgia. Era addolorata quando se n'è andata e, infatti, non ci ha detto: "Arrivederci!". Mentre ci baciava, ha bisbigliato nelle nostre orecchie: "In bocca al lupo, ragazzi!". "Speriamo che non sia in carne ed ossa!", subito, ho pensato così. Sì, lo so che sono pessimista. In effetti, la positività non fa parte della mia esistenza; è forse per questo motivo che la mia vita è un incubo. Probabilmente dovrei essere più allegro. Infatti, dicono: "Sorridi che la vita farà lo stesso con te!", boh, sarà!

Anche il mio bel nome non lo sento più nominare. Qui siamo dei numeri, sembra che a nessuno interessi la nostra storia. Forse lo fanno per evitare l'attaccamento. In effetti, nessuno è scortese, ma io sento molto distacco. Spesso sono angosciato e ho sempre i miei incubi. Una notte pioveva e c'era un forte temporale e il terrore mi aveva quasi divorato. Mi ero rannicchiato in un angolo, mentre mio fratello dormiva sonni tranquilli. Molti di noi si lamentavano più per la paura che per altro, quindi c'era un frastuono generale. Sono venuti a rabbonirci, ma nessuno ci ha preso in braccio per confortarci ed io ero deluso, stanco e pieno di paure. Ho sempre avuto il terrore dei temporali; mi danno fastidio i rumori forti e anche la pioggia mi angoscia. Quella notte sembrava non terminare mai. Mi sono addormentato all'aurora per la stanchezza e ho sognato. Quella volta fu un sogno bello, gratificante e pieno di luce. Solitamente sono incubi veri e propri, tanto che mi trovo sempre bagnato dalla mia pipì e non solo. Quando dormo, ho anche scatti nervosi, digrigno i denti e le gambe fanno scatti terribili. Per fortuna ogni tanto mi accade qualcosa di bello. Quando mi sono svegliato dal magnifico sogno, ho capito al volo che la realtà era un'altra e sono rimasto rattristato per tutto il giorno, pensando alle meravigliose creature che mi avevano fatto visita durante la notte. Erano delle entità eteree, di colore azzurro viola, dolci, affabili e carine. Volavano, sopra la mia piccola testolina dicendomi di non aver paura, tutto si sarebbe aggiustato. "Bisogna far buon viso a cattiva sorte" mi avevano detto con la loro voce soave. "La paura non è un'ottima amica"; sì, così avevano sussurrato. Avevano cercato di infondermi un po' di fiducia e a modo loro mi avevano consolato. Mi avevano detto che mi sarebbero state vicino. Non le avrei mai viste e nemmeno si sarebbero mai presentate alla vista di nessun essere. Erano lì per proteggermi e anch'io però avrei dovuto fare la mia parte. Un po' di allegria e ottimismo non nocciono. Quanto è vero, eppure ero sempre infelice e cupo. Così per lo meno lo dicevano le voci che sentivo e forse io ci credevo e agivo di conseguenza. Spesso sono gli altri a rendere veritiero il nostro carattere. Penso che se continui a dire a qualsiasi essere vivente: "Sei strano", "Sei cattivo", "Sei antipatico" o altro, l'interessato finisce per crederci davvero e lo diventa. I giudizi sono come spade che trafiggono e lasciano sempre il segno, spesso indelebile. È una ferita sempre aperta che difficilmente si risana, soprattutto in esseri sensibili come lo sono io. Non so se sono nato così o lo sono diventato; comprendo però che molti non mi apprezzino e non mi ammirino come io vorrei e la cosa mi fa soffrire! Giudicano senza conoscere a fondo i sentimenti altrui. Ci sono altri invece che mi adorano, soprattutto perché sto molto sulle mie, non disturbo, non sono invadente e mi faccio letteralmente i fatti miei, forse un po' troppo! A volte se guardo gli altri, mi preferisco, proprio per la mia riservatezza. Non capisco perché le persone preferiscono quelli che fanno le feste e ti conquistano con lo sguardo! Io desidero essere me stesso. Se una persona o qualcosa non mi piace, lo faccio capire, non mi comporto come se tutto vada bene. Io sono io e non voglio essere qualcun altro. Forse è proprio per questo che io rimango sempre in quest'assurdo luogo e nessuno mi adotta. Molti altri che erano qui con me sono già in qualche bella casa con persone accoglienti, capaci di amare. Io sono ancora in questo posto, dove l'amore è solo apparenza. Sono cordiali certo ma l'amore incondizionato è ben altro. Quello vero che ti avvolge e ti fa sentire sicuro, ti dà autostima e ti dà calore è un'altra cosa. Con la mia mamma mi sentivo così: amato, coccolato e al sicuro. "Chissà dove è la mia mamma?", mi domando, prima di addormentarmi. Spero che stia bene. Mi manca e purtroppo sono rimasto l'unico della famiglia qui. Le mie due sorelle sono andate qualche mese dopo il nostro arrivo al centro di accoglienza. Le ho viste in braccio a una bellissima donna. Eravamo tutti in giardino a prendere un po' di aria fresca e la ricca signora, almeno così mi è parsa per i modi di fare e per come si esprimeva, è arrivata tutta ben vestita. Ha salutato tutti, ha fatto i complimenti a tutti noi e poi ha preso *Diana e Diva*, e tutta impettita se n'è andata. Ci ha visto, ma molto educatamente nell'orecchio del nostro assistente ha detto che non avrebbe potuto tenere tutti e quattro i fratelli. Ci aveva pensato molto ma alla fine la scelta giusta era quella fatta. Così mi ritrovo qui in questo posto che ormai è diventato il mio inferno. Ripeto, sono tutti molto bravi, ma mi sento abbandonato, solo. Forse però, questo è il mio sentire, il mio credo. Probabilmente mi sentirei così ovunque! O no? Mi piacerebbe ritrovare Angela! Per un *esserino* di pochi mesi non è bello essere rifiutato. Ecco perché poi nella nostra esistenza siamo assaliti da paure, tensioni, cattivi sentimenti e brutti pensieri. Questi sono colpi al cuore che ti segnano. Non dovrebbe essere così per nessuno e invece nella mia situazione siamo in parecchi. Ogni tanto arriva qualcuno che ci parla, ci saluta e ci fa compagnia per qualche ora, poi tutti spariscono e si cade nell'oblio. Se la tua vita inizia con l'essere lasciato senza mamma e senza qualcuno che ti voglia davvero bene, non puoi crescere bene.

LA SOLITUDINE

Ecco, oggi se n'è andato anche *Ettore*. È stato adottato da una coppia di giovani ragazzi, molto simpatici. Quando sono venuti a prenderlo, la signorina mi ha guadato con tenerezza. Per qualche minuto ho pensato che volessero prendere anche me. Sono troppo giovani, come potrebbero tenere due maschiacci, dei quali mio fratello è davvero un bell'elemento. Penso che gli dia del filo da torcere. Perché non sono stato scelto io? Sono davvero così terribile? A me sembra di essere così dolce. Se però nessuno mi prende in considerazione, significa che non sono poi un modello di perfezione! Comunque nonostante sia molto triste, voglio ringraziare queste persone che si prendono cura di noi. Inizio a pensare che ci sia di peggio. Almeno abbiamo dei pasti caldi, e un tetto sotto il quale dormire. So che altri fanno una fine peggiore: sono in strada senza nessuno che si prenda cura di loro. Sì, le mie fatine, quelle del sogno, mi hanno fatto notare che c'è sempre qualcuno più sfortunato. Bisogna sempre ringraziare per quello che si ha, nonostante ciò, però, non posso dire di sentirmi bene. Anzi a dire il vero mi sento abbandonato da tutto e da tutti. Che cosa farò se nessuno mi vuole? Sono insofferente e ho paura di non resistere molto in questo posto! Ogni tanto penso di scappare da qui, poi però mi assalgono tutte le mie paure e mi dico: "E poi, dove vado?". Appunto, dove potrei recarmi? So di non poterlo fare, le mie forze non me lo permettono e poi che razza di pensieri sono questi. A volte sono strano, mi rendo conto anch'io di avere stupide idee. Certo che ho ben poca considerazione di me. Magari mi verrà poi. Speriamo che con la crescita, migliorino anche le mie attese e le mie speranze. Come il solito sogno molto. L'altra notte per esempio le fatine mi sono venute a dire che dovrei immaginarmi qualcosa di bello. Se lo facessi spesso, forse potrei ottenere qualcosa di meglio. Se continuo a crogiolarmi nel pessimismo più assurdo, finirò la mia esistenza qui. Così ogni tanto mi faccio forza e spero che un giorno alla fine uscirò da questo luogo.

L'altro giorno, ci hanno preso e ci hanno portato in infermeria. Non so cosa sia successo e adesso sono qui sul mio materassino, dolente. Mi sento frastornato e non so cosa mi abbiano fatto. La voce del medico, calma e ferma ha detto che tutto è andato come previsto e che a breve sarò in forma come prima. Eppure stavo bene, non mi sembrava di avere nessun dolore. Ora però ho dei punti che mi tirano sulla pancia e non riesco a muovermi bene. Mi sembra tutto un incubo dal quale spero di risvegliarmi presto. Le fatine colorate continuano a farmi visita; con loro ci sono anche altri personaggi eterei. Hanno delle ali come uccelli, ma non lo sono. Mi vergognavo a chiedere chi fossero, perché non riuscivo a capire se fosse sogno o realtà. Siccome sono un po' intontito da qualcosa che mi hanno dato in infermeria, sono terrorizzato di avere allucinazioni. A volte mi confondo e non capisco se sono desto o sto sognando. È talmente uguale la realtà di quel momento che si capisce che hai sognato solo quando ti sei svegliato. Che buffa questa storia! Mi fa troppo ridere. Pensi che sia vero, poi ti svegli e capisci che di vero c'è solo la solitudine. A volte sono felice di sapere che quello che avevo fatto era un sogno o più precisamente un incubo; altre volte invece, quando faccio viaggi onirici, mi dispiace sapere che la realtà è un'altra. Sogno spesso la mia mamma, i miei fratelli e Angela. Le immagini sono ricorrenti.

Siamo, insieme, in un meraviglioso giardino. Corriamo liberi, giocando felici e facendo il bagno nel laghetto con l'acqua fredda ma limpida. È talmente trasparente che sia il sole sia il panorama circostante si rispecchiano. Non si capisce quale sia il paesaggio vero da quello riflesso. È un posto incantevole, mai visto prima. Mi appare solo mentre dormo, ma è così vero che faccio finta che lo sia. Così m'immagino di andarci tutte le mattine. Quando mi annoio qua, e spesso succede, allora vago con la mente e mi ritrovo nel bel parco, con tutti gli animaletti, gli uccellini e i molti bimbi che come noi si divertono schiamazzando. Sembra un luogo incantato, anzi un paradiso. Le farfalle svolazzano tutte insieme creando una ruota di colori; gli uccellini s'inseguono tra i prati, cantando all'unisono, in un concerto che rasserena i cuori. Un arcobaleno si finge importante come il sole e sorride al mondo, non sapendo che svanirà appena la luce toglierà lo sguardo. Questo posto immaginario ma suggestivo, mi piace molto e lo visito, correndo qua e là felice di essere vivo!

Oggi sono particolarmente felice e siccome accade di rado, prendo la giornata con maggior allegria. Questa mattina mi hanno tolto i punti e sto veramente bene, anche se non ho capito ancora che diavolo mi abbiano fatto. Non l'ho compreso dai discorsi e siccome non so esprimermi, non ho potuto chiederlo. Lo scoprirò alla fine, speriamo! Comunque l'importante è che stia molto meglio. Sono in perfetta forma. Oggi sono venute molte persone a vederci, e alcuni dei miei conoscenti se ne sono andati, mentre io sono sempre qui. Si avvicinano, mi fanno qualche carezza e poi dicono tutti: "È molto triste questo piccolino!". (*Beh, certo, perché non provi tu a essere qui?*). Forse però le mie fatine hanno ragione. Oggi gli uccelli strani si sono presentati dicendomi di essere degli angeli. Sono i miei spiriti guida e i miei custodi, che mi aiutano e mi proteggono. Pensate… credevo di essere solo! Invece ho molti aiuti. Infatti, mi sento meglio e non soffro più di solitudine, almeno per ora. Lo stesso, però, questo posto non mi piace. Non vorrei finire ancora sotto i ferri e andare all'altro mondo. Ogni tanto ci penso… in effetti, se dovessi morire, mi dispiacerebbe. Fino a qualche tempo fa l'avrei presa come una liberazione, adesso invece inizio ad apprezzare la vita e forse questo mi porterà qualcosa di buono.

Quello che più mi dà fastidio qui, sono le visite mediche, le punture e quando fanno le pulizie che ci spostano a dritta e a manca. Uffa! Non si può stare tranquilli. Usano canne con acqua fredda, scope, aspirapolveri e tutto sto rumore mi innervosisce e mi spaventa. Vorrei stare almeno in pace, ma impossibile! Succede sempre quando sto riposando o quando sono assorto nelle mie visualizzazioni positive. Certo, c'è da dire che almeno sono puliti. Se fossero sporchi, mi lamenterei lo stesso. Insomma a volte anch'io non mi sopporto, così immagino gli altri come mi possano vedere. Se non cambio atteggiamento verso il mondo e le persone, terminerò i miei giorni qui! E forse me lo merito se non la smetto di lamentarmi. Mi sento anche un po' lacerato: a volte mi sento bene, in altri momenti vorrei morire, poi no! Ma ci capisco qualcosa? Che tormento 'sta vita!

L'altra notte è successa una cosa stranissima. Ci siamo alzati e c'era un trambusto da non credere. Abbiamo poi compreso che erano venuti i ladri e avevano rubato oltre al cibo, anche del materiale in infermeria. Così tra una cosa e l'altra, ci hanno dato da mangiare che era sera. Insomma, abbiamo saltato un pasto. Purtroppo non era rimasto nulla e i responsabili oltre alla denuncia sono dovuti andare a fare la spesa. Certo che di gente cattiva è pieno il mondo. Penso che possa essere stata la megera, per farci morire di fame. Sarebbe capacissima! "Chissà come sta la mia amica Angela?". Ogni tanto la penso. Una persona davvero di cuore.

IL PICCOLO BASTARDO

Ho deciso di cambiare. Se voglio che gli altri mi apprezzino di più è necessario essere almeno un po' più cordiale e socievole. Non dico di essere troppo espansivo, ma almeno guardare con uno sguardo meno scoraggiato. È necessario cambiare espressione! Se fossi più carino con gli altri, forse mi adotterebbero. Ho un problema! Non riesco a guardare negli occhi le persone. È come se mi mettessero soggezione. Così evito sempre lo sguardo, tanto che gli adulti che mi accudiscono pensano che io possa essere autistico. Ecco, mi mancava questa e poi siamo a posto. Già sono un tipo particolare e di difficile sistemazione, poi se spargono la voce che sono pure autistico, non mi si filerà nessuno. E poi non voglio che mi mandino da qualche altro dottore. Ne ho già le scuffie piene quando arrivano per farci le visite. Come se fossimo dei deportati! Ci guardano, ci scrutano come degli extraterrestri. C'è da dire che qui l'igiene non manca, anche se io mi becco sempre la dermatite. Così continuo a grattarmi e mi s'irrita la pelle. Penso che sia dovuto tutto allo stress. Mi adatto mal volentieri e qui nonostante debba ritenermi fortunato, non sono a mio agio. Intorno a me vedo molte creature che soffrono di gravi malattie e sono state abbandonate per questo. Molti sono senza famiglia, altri arrivano dall'estero; insomma, l'ambiente non è dei più allegri. Così, mi faccio carico di tutti i problemi altrui, comprendo i loro sentimenti e ne soffro. Come se non mi bastassero i miei.

Mi dico: "Pensa un po' alla tua situazione e non ti curare degli altri!". Certo me lo dico, ma poi non lo penso veramente e sento vibrare nell'aria: terrore, afflizione e desiderio di fuggire via da questa prigione. Non è però scappando da questo posto che diventerò più duro di cuore. Ho deciso, di essere più socievole, non tanto per piacere di più al prossimo, tanto per essere un po' più carino nei confronti del resto del mondo. Anche perché così, penso di trarne giovamento pure io! Forse così, qualcuno mi potrà dare più attenzione. Sono d'accordo, lo penso anch'io, che i musoni non piacciono a nessuno, quindi, poiché voglio essere amato, è giusto che faccia un primo passo. Se sto con il muso imbronciato, è ovvio che nessuno si avvicini. A volte mi faccio paura da solo, quando sono incattivito con l'universo. Ultimamente se mi succede, cerco di controllarmi, ma non è facile. L'altro giorno, per esempio, sono venuti a prendere Pippo, con il quale, giocherellavo volentieri. È l'ennesimo amico che mi portano via, così avevo il morale sotto terra e quindi per il resto della giornata non sono stato molto socievole. Forse ho anche esagerato, morsicando il dito di chi mi teneva in braccio per propinarmi la solita medicina. Mi ha sgridato e ho fatto finta di niente, ma dentro ero felice di avergli fatto un po' di male. Sentite, ma solo io devo soffrire? "*Uffa!*", ecco cosa faccio… sbuffo come una locomotiva a vapore. Oggi però mi sento più stabile e positivo. Sapete che idea ho avuto ultimamente? Immagino che una bella e simpatica famiglia venga ad adottarmi. Li guardo con affetto e simpatia e loro s'innamorano del sottoscritto. Mi prendono con loro e vado a vivere in una bellissima casa, con un giardino pieno di fiori e alberi da frutto che profumano l'aria di dolce. Questa è la mia visualizzazione che metto spesso in atto, per convincermi che esiste anche una bella realtà, quella che noi ci costruiamo giorno dopo giorno. Vi voglio svelare un segreto: amo i dolci, più di ogni altra cosa al mondo. Come sono goloso! Mi piacciono tanto i *pasticci*, solo che qua non abbondano. Non che si mangi male, ma sono le solite pappe! Quando qualcuno arriva e ci allunga qualche biscottino, mi sento al settimo cielo. Allora sfodero tutto il mio *savuarfer* per averne uno in più, ma subito l'assistente blocca qualsiasi altra manifestazione di altruismo. "Lui è proprio ghiotto, non gli dia più niente, altrimenti…". "Altrimenti che cosa?", penso io, rattristato. Almeno un biscotto in più me lo volete concedere? No! Niente da fare. Qui sono rigidi come nelle carceri svizzere. Non sono però altrettanto puntuali. L'altro giorno, infatti, avevo una fame boia e siccome c'erano ispettori, controlli e altre menate del genere, mi hanno fatto mangiare in ritardo. Io sono un tipo che a una certa ora ho fame e non tollero rinvii. Naturalmente, non ho potuto fare altro che aspettare. Mi sono comportato bene e non mi sono lamentato come fanno altri. Dai, voglio dirlo proprio, sto migliorando. Sono diventato quasi simpatico. Mi sento così per lo meno! Sento che il momento favorevole è arrivato anche per me. Durante il riposo, m'immagino belle situazioni e mi sento meglio.

L'altro giorno è arrivato un piccolo esserino tutto malmesso. Ora è qui vicino a me e abbiamo fatto amicizia. Giochiamo insieme. Si è rimesso molto bene. Era proprio conciato quando è arrivato qua al centro. Qui arriva di tutto. Mamme e piccoli, spesso abbandonati e maltrattati. Perché al mondo c'è tanta violenza? Contro i più deboli poi. Perché gli esseri umani se la prendono con chi non può reagire? Che codardi che sono! *Gigi*, così si chiama il mio nuovo amico, se vi dico dove è stato trovato, non ci credete. Nel cassonetto per la raccolta differenziata. Io mi chiedo: "Ma chi è quel demonio che getta esseri viventi nel cassonetto?". Lo avevano picchiato a sangue e poi buttato dentro i bidoni, così come si fa con la pattumiera. Non ci posso nemmeno pensare. Ecco in questi casi mi dico: "Sei proprio fortunato.". Almeno non mi hanno usato come un sacchetto dell'immondizia.

Sono contento anche perché i miei incubi iniziano a essere pari a zero. Insomma ne faccio uno ogni tanto. Non sono più frequenti come prima.

NOVITÀ

Ragazzi, oggi sono al settimo cielo. Ora possiedo una casa nuova! Sì, finalmente mi hanno adottato. Andiamo però in ordine dei fatti accaduti. Questa mattina è arrivata una coppia di persone. Non sono giovanissime, ma molto simpatiche. Lui è proprio uno spasso! Mi fa morire dal ridere; ed è proprio del mio nuovo benefattore che mi sono innamorato. È stato un colpo di fulmine. Appena l'ho visto, gli sono saltato in braccio; non volevo che se ne andasse senza di me. Desideravo proprio svignarmela da quel posto. Ringrazio ancora chi mi ha accudito e dato da mangiare, ma ora voglio una famiglia tutta mia, che mi coccoli, mi porti a spasso e si prenda cura di me. Lei non è entusiasta. Lo so che in cuor suo avrebbe voluto una femminuccia, magari più piccolina. Lui invece mi ha accettato molto bene. Ora possiedo una bella casa. Certo che le donne, che incontro, sono sempre un po' strane. Giovanna, la signora, è molto affabile ma non mi dà molte attenzioni. Si fa i fatti propri, guarda la televisione e gioca alle parole crociate. Mi porta con lei solo quando va a fare la spesa. Io però mi annoio, perché si ferma sempre a chiacchierare con chicchessia. Così faccio un piccolo giretto e nulla di più. Non voglio però lamentarmi, altrimenti farei la figura del cattivo. Con me sono molto buoni e mi stanno anche curando la mia solita dermatite che non mi abbandona mai. Il dottore ha detto ancora una volta che è lo stress. In effetti, è così, anche se ora mi sento più tranquillo e soprattutto protetto.

In famiglia c'è anche Sergio, ma lui è molto grande e spesso è fuori di casa per lavoro. Mi chiama con un altro nome, ma nel mio cuore, ho ancora il mio. Non so se gli piaccio. Mi dice che sono un po' stupido. Fa niente, tanto non lo vedo granché. Viene a pranzo e poi se ne va com'è venuto. Ogni tanto vengono a trovarci due fratelli, molto simpatici. Si chiamano Giorgio e Andrea. La loro mamma invece non è molto carina con me. So che in cuor suo non mi ama molto. Infatti, preferisce venire lei a trovarci, che invitarci a casa sua. Vuole la casa sempre in ordine e pulita, quindi non è felice quando vado da loro. A dire il vero fa di tutto per tenermi in giardino e non farmi entrare, per evitare che sporchi in giro. Dice che ho un cattivo odore e che perdo troppo pelo! Mi fa anche un po' di paura, per il suo tono, di voce, che è molto alto. L'ho detto che le femmine sono strane. A parte Angela e la mia mamma, non ne ho trovate altre di affabili e simpatiche. Sono tutte o cattive o particolari. Difficile anche comprenderle! Ma a me non interessa, ora sono felice e non voglio giudicare nessuno. Sono contento soprattutto quando arriva Achille, così si chiama lui. È sempre pieno d'inventive. Mi porta al parco, al laghetto, a fare delle belle scampagnate sul fiume. Anche i suoi amici sono originali. Sono tutti simpaticissimi. Uno suona la chitarra e canta, così quando sono con loro, mi diverto un mondo. Mi carica sul suo *Doblo* e insieme ce ne andiamo in giro. Giovanna non ha voglia mai di camminare e quindi rimane sempre a casa. Qualsiasi cosa faccia però, non mi sgrida quasi mai. Non sono capriccioso e nemmeno dispettoso, nell'insieme sono abbastanza bravo, anche se mi piacerebbe andare più a spasso. Le poche volte che mi porta lei, mi annoio e allora le faccio qualche dispetto. Mi nascondo, corro veloce per non farmi prendere o faccio finta di voler tornare a casa. Allora in quel caso mi richiama e mi fa la ramanzina. Io però la guardo come so fare solo io quando non voglio essere ripreso e, allora anche lei ci rinuncia. È vero, anch'io a volte sono un pochino *pestifero*. Mi piace di tanto in tanto fare qualche *dispettuccio*, ma tutto nella regola. Non sono proprio indisciplinato; a dire il vero cerco di comportarmi bene per evitare di tornare *nella prigione*. So benissimo che può esserci quella possibilità e non voglio sfiorarla nel modo più assoluto. Giovanna, ogni volta che mi presenta agli altri, però dice delle cose che non mi piacciono. Tutto ciò che afferma, già lo sapevo, però sentirlo proprio sventagliare a voce alta non è bello. Ormai però ci ho fatto il callo perché sembra che non si stanchi mai di dire che preferiva una femminuccia a me, soprattutto più piccola. Tanto non l'avrebbe portata a spasso lo stesso, perché lei è proprio una pigrona. E poi non sarebbe stata brava come me; le femmine sono più terribili! Insomma la mia vita è di certo migliorata. Mi piacerebbe avere qualcuno con cui giocare perché dove abito ora sono tutti adulti. Per fortuna di tanto in tanto vedo Giorgio e Andrea. Allora sì, che è festa. Con loro gioco molto; sono allegri, simpatici e molto carini. Mi trattano molto bene e mi fanno sentire a mio agio. Con Angela, sono i migliori amici che abbia trovato dalla mia nascita. Certo non è confortante la cosa. O sono un po' troppo critico o sono sfortunato per trovarmi sempre tra persone poco piacevoli. Forse sono io troppo critico. Ora non penso più ai miei fratelli, anzi so che stanno bene anche loro. È stato meglio com'è andata. Sono felice che siano stati adottati prima di me, altrimenti con il mio carattere sensibile mi sarei preoccupato all'infinito. Invece sono stato l'ultimo, so che anche loro possiedono una casa e posso stare tranquillo. Anche se non li ho più visti, senza dubbio vivono con persone che li amano. Ogni tanto mi chiedo, dove possa essere la mia mamma. Era un tipo così fragile, ancora più di me. Ha cercato di fare del suo meglio, come ognuno di noi può fare, ma non è riuscita ad agire diversamente; come avrebbe potuto? Ci hanno staccato con la forza dal suo amore impotente. Lei forse è stata la più sfortunata. Spero che la megera non le abbia mai fatto del male. Quella era proprio terribile. Mi ricordo come mi scuoteva e mi maltrattava. Piccolo e indifeso com'ero, poteva fare tutto quello che voleva. Certo che prendersela con le piccole creature è proprio segno non solo d'ignoranza e inciviltà, ma soprattutto di codardia. Perché non lo fa con le persone al suo pari? Perché è una frustata. Giovanna non ha mai alzato un dito su di me, anche se io tremo appena alza e muove le mani. Lo fa mentre chiacchiera, ma a me mette paura. So che non mi farebbe mai del male, ma io sono fatto così, tremo ancora all'idea che qualcuno mi possa mettere le mani addosso. Così mi rintano in un angolo e non esco finché non mi sento sicuro. Anche i rumori forti mi terrorizzano. Per fortuna sono pochi. È una casa abbastanza tranquilla. La cosa che mi mette l'angoscia sono i fuochi d'artificio, che ho scoperto, danno fastidio anche ad Andrea. L'altra cosa che non sopporto è l'aspirapolvere perché fa un rumore che mi stordisce. Per fortuna, Giovanna non pulisce sempre e la passa poche volte la settimana. Adesso però ha preso una sorta di disco volante, che però sta a terra. Lei mi guarda e mi dice: "Hai visto… che bella? …pulisce da sola!" …Io non capisco…a me dà noia quella cosa che corre per casa e non si sa dove finisca. Così quando quella gira imperterrita, io mi fiondo sul divano. La terza cosa che mi infastidisce sono le autoambulanze o quelle macchine che hanno il lampeggiante a tutto volume. Ecco …proprio mi sembra di perdere l'udito. Una cosa buffa in questa casa sono le televisioni: sempre accese, giorno e notte. Sono addirittura tre: una in camera, una in soggiorno e un'altra in cucina. Ognuna è sintonizzata su un canale diverso e così non si capisce niente. Quando arriva Achille, si mette a urlare di spegnerle, in modo che possa sentire il telegiornale. Anche se le notizie sono sempre quelle e parlano solo di brutte cose, mi siedo anch'io sul divano e faccio compagnia a lui, aspettando che mi porti a fare una bella camminata lungo il Naviglio, prima di ritornare al lavoro. Non mi tradisce mai e mi accontenta sempre. È proprio pazzo. Si mette a giocare con me come farebbe un bambino piccolo. È simpatico e nonostante la sua età, è giovane. Lo è anche dentro. È diretto, sincero e affabile. Solo ogni tanto urla con Giovanna, ma secondo me ha ragione. Sembra che non abbia voglia di fare niente. Trova sempre le scuse. Anche i piatti, sono sempre da lavare e per terra c'è sempre di tutto. Forse per me è meglio così, almeno, non mi vieta di fare questo o quello. È un tipo accomodante e non le interessa di nulla in particolare. È amante delle opere liriche. Infatti, spesso le ascolta in televisione. Io mi faccio di quelle dormite. Sono belle, ma un po' difficili da capire. Altra cosa che ama fare è cucire e creare, qualsiasi cosa. È un tipo molto fantasioso, l'importante è non spostarla e farla camminare. Se Achille la invita a spasso con noi, lei risponde sempre "No!". Così noi ce ne andiamo da soli e forse è meglio. Ci facciamo di quelle corse pazze. Se ci fosse lei, bisognerebbe camminare. Lei è lenta, lenta. Per quello, io a volte le faccio i dispetti e mi metto a correre. Lei non riesce a starmi dietro e si arrabbia dicendomi che non mi porterà più a spasso. Oggi sono andato a trovare la mamma di Giorgio e Andrea al lavoro. Quella è proprio fissata per la pulizia. Dovrebbero mischiarle lei e Giovanna, forse verrebbe fuori qualcosa di giusto. Non mi ha mica fatto entrare nel suo ufficio! Ha detto che sporcavo. Che cosa pensava facessi? Gli altri invece sono stati tutti molto carini e mi hanno fatto un sacco di complimenti. Che bello che è quel capannone, molto grande. Quando Achille si reca al lavoro il sabato, poiché negli uffici non c'è nessuno, mi lascia entrare e girovagare ovunque. Lui pulisce e sistema un po' di cose ed io mi diverto scoprendo molte novità. È un posto spazioso e con un bel giardino. Mi diverto proprio perché è ricco di cose strane e particolari. C'è anche una vecchia cuccia per cani, forse era di qualche animale che ora non c'è più. Non vedo traccia di nessun *amico dell'uomo*. Meglio così, sarei geloso. Io lo sono sempre di tutto e tutti. In quel bel giardino si rifugiano molti animaletti particolari. Quel posto sembra il paradiso: gli uccellini cantano tutto il giorno! Spesso, abbiamo fatto strani incontri. Per esempio una mattina presto, abbiamo trovato un gufo piccolino e spaurito. Achille l'ha messo sull'albero e poi non l'abbiamo più incontrato. Un'altra volta, abbiamo trovato un riccio bello cicciottello che è stato portato nei campi vicini. La scoperta più sensazionale è stata quando ci siamo imbattuti con una grossa biscia che ci ha fatto spaventare. Si trovava nella pozzanghera rimasta dopo l'acquazzone estivo. Quella volta, siamo scappati via, aspettando che il rettile se ne andasse indisturbato.

La dermatite per ora mi è sparita, segno che sto bene. Infatti, mi sento proprio in perfetta forma fisica.

Domenica scorsa sono andato in montagna. Che bello! Non ci ero mai stato. Mi sono divertito un mondo. Siamo andati tutti e tre. Questa volta con noi è venuta Giovanna. Poi ho capito il perché. Siamo andati a trovare Giorgio, Andrea e la sua famiglia; si trovavano al Monte Pora. È proprio un bel posticino. Io, Achille, Giorgio e Andrea siamo stati all'aria aperta tutto il giorno. Siamo tornati a casa, stanchi morti e tutti sporchi, così Miriam si è arrabbiata e non voleva far entrare in casa nessuno. Accidenti, ma che pazienza quei poveri ragazzi! Ma si potrà vivere così? Meno male che vivo con Giovanna, lei è più spartana. Ogni tanto se la prende con Achille che sporca, ma non è vero, lui è sempre fuori di casa. E poi tra i due è lui quello più ordinato. Lei lascia tutto in giro e poi incolpa gli altri. Ero talmente sfinito che ho dormito per tutto il viaggio di ritorno.

Certo che se penso alla vita che facevo prima! Ora sono un signore! Servito, riverito. Cercano di farmi sempre contento.

Mi portano anche regolarmente dal medico e in quei casi non sono proprio felice. Ma chi lo sarebbe! Quel brutto ceffo con il camice bianco è sempre pronto con la siringa in mano. Prima ti condisce via con un biscottino e poi ti sistema con quelle manacce da macellaio. Non mi fa molta paura e nemmeno sento tanto male, però il tempo passato dal dottore lo preferirei passare altrove. Capisco però che lo fanno per il mio bene. Del resto le vaccinazioni sono obbligatorie ed è giusto così. Non si sa mai. Meglio prevenire che combattere. Visto che sono un tipo cagionevole di salute.

IL PICCOLO BASTARDO

INCONTRO

Spesso, Achille mi porta al *Quagliodromo*. È un posto fantastico, all'aria aperta. L'unico inconveniente è che ogni tanto si sente il rumore degli spari e così mi spavento. Per il resto si sta molto bene lì, soprattutto perché i clienti sono quasi tutti uomini. Fanno un baccano della malora, ma io mi diverto con gli amici che ho conosciuto e arrivo a casa, pieno di palta, tanto che Achille si becca le ramanzine. A lui però non interessa. Sa che ci siamo divertiti e per lui è tutto. Lì faccio proprio quello che voglio, correndo e scorrazzando nei prati, senza che nessuno mi rimproveri e mi faccia il predicozzo. In primavera è una meraviglia, anche se poi mi continuo a grattare a causa delle ortiche: ma ne vale la pena, senza dubbio! Infatti, è più Giovanna che sgrida Achille. A me dispiace, perché lui non c'entra nulla. Sono io che corro come un disperato di qua e di là. Lui, vede che io mi diverto e, mi lascia fare. È proprio un brav'uomo. Quando vengono Giorgio e Andrea allora è ancora più divertente. L'altro giorno eravamo talmente sporchi che neanche Giovanna voleva farci entrare in casa. In effetti, eravamo indecenti. Loro continuavano a ridere come pazzi. Io ero un po' terrorizzato perché avevo paura che ci lasciasse fuori veramente. Invece alla fine ci ha pulito bene, ci ha dato una bella sciacquata a tutti e ci ha dato la merenda.

Insomma, il *Quagliodromo* forse è il posto che mi piace di più, anche perché non ci sono pericoli. Due giorni fa è successa una cosa stranissima e ancora adesso ci sto pensando. È arrivato un signore che non avevo mai visto. Era in compagnia e indovinate con chi? Con la mia mamma. Io l'ho riconosciuta dal suo profumo. L'odore di una mamma è indimenticabile. Lei sembra non avermi riconosciuto, o ha fatto finta di nulla. Non mi ha degnato nemmeno di uno sguardo. È rimasta accanto all'amico di Achille e non si è mai mossa. Ho cercato di farmi notare in tutti i modi, ma lei impassibile come fosse di pietra. Celestino, l'amico di Achille, gli ha confidato in un orecchio che Alma era così tranquilla perché aveva sofferto molto. Quando ha nominato quel nome sconosciuto, sono rimasto sbigottito. "Non è quello della mia mamma!", ho subito pensato. Ma non c'era dubbio. Non mi sono sbagliato; era lei. L'ho sfiorata, ma lei niente. Alla fine se n'è andata via con il signore. Ci sono rimasto così male che di notte non sono riuscito a dormire. "Forse sono diventato pazzo?". No! Era lei e ne sono sicuro. Potrei mettere… beh lasciamo stare! Non diciamo fesserie. Ancora ho in mente lei, la mia mamma. A questo punto credo di aver perso la ragione! Sarebbe meglio non pensarci. Oggi però non sono di buon umore. Anche loro, se ne sono accorti, ma hanno incolpato la stanchezza. Invece sono dispiaciuto per ciò che è accaduto al *Quagliodromo*. Non vorrei più andarci, ma se Achille mi porta, dovrò farmi forza. Mi ripeto sempre che per prima cosa è giusto che pensi a me stesso. Se non lo faccio io per primo! Poi vengono gli altri. È questione di sopravvivenza. È inutile che mi faccia coinvolgere dalle emozioni altrui, e travolgere dai sentimenti. Bisogna sapersi controllare, almeno un pochino, per non cadere in trappola. Questa è una regola che bisogna rispettare se voglio vivere bene. Altrimenti sarò sempre in balia di sentimenti, che di solito sono negativi. Almeno fossero emozioni positive, invece, guarda caso, non lo sono. Così mi sono detto che è importante fare attenzione ai pensieri. Quelli creano la realtà, me l'hanno detto le fatine e i miei angeli custodi. "Pensa al positivo che la vita ti sorride!". Mi ripetono sempre le stesse cose, perché io sono un po' testardo e finisco per pensare al peggio. Ora invece, vivo bene, ho una bella famiglia e così è giusto essere felici. Veramente bisognerebbe sempre esserlo, a prescindere dalla nostra posizione nella società, ma quanto è difficile. Io, poi sono così instabile. Sono pure meteoropatico. Quanto odio la pioggia. Non la sopporto. Quando ci sono le giornate uggiose e umide, preferisco rimanere in casa al caldo. Non vorrei mai uscire. Mi fanno anche paura i temporali, quindi quando tuoni e fulmini si fanno sentire, finisco per bagnare il mio bel materasso. Giovanna però non si arrabbia, pulisce e poi mi tiene con lei nel letto, perché sa che ho paura. Eppure tutte le stagioni dovrebbero essere apprezzate per la loro bellezza. Ogni mese ha le sue caratteristiche. In autunno per esempio ci sono dei colori così caldi e intensi che starei delle ore a guardare il panorama. Poi c'è l'inverno, con il ghiaccio e la neve, poi la primavera con le sue belle aurore e la magnifica estate. Questa è quella che preferisco. Fa caldo, si sta bene e si possono fare tante attività all'aria aperta. Si può anche mangiare fuori, perché il tempo lo permette. Magnifica estate. La adoro e vi racconto anche il perché.

IL PICCOLO BASTARDO

FANTASTICA ESTATE

L'estate è meravigliosa e da quando ho la mia famiglia, è ancora più bella. Che fortunato che sono! Non posso più lamentarmi. Se lo facessi, peccherei. La prima volta che sono partito, non ho capito bene la dinamica di tutto. So che ci siamo alzati nel cuore della notte e con Achille, Andrea, Giorgio e Giovanna, sono partito per non so dove. Pensavano ad un eventuale mal d'auto a causa del lungo viaggio. Invece sono stato benissimo, mai sentito meglio. Anzi, a dire il vero noi tre piccoli, abbiamo dormito per tutto il tragitto, belli stesi sui sedili posteriori della vettura. Dopo parecchie ore di viaggio siamo arrivati in un posto incantevole con gente fantastica. Qui, si mangia bene. Quante leccornie che preparano: gli arrosticini, la pizza, la pasta con il pomodoro appena raccolto. E poi, oltre al mare, alla sabbia c'è anche un bel fiume, si chiama Vomano. Ci vado spesso con i ragazzi e ci passiamo il pomeriggio. Achille invece, ci sveglia presto il mattino e ci porta in spiaggia a correre. Ossia, ci facciamo delle belle camminate lungo la battigia e si sta benissimo, prima di tutto perché non fa caldo e poi perché non c'è nessuno. È pieno di persone che vanno a fare sport sulla spiaggia, così ci si può fermare ogni tanto a riposarsi, chiacchierando con chiunque. Achille ha molti amici, ovunque, sia a casa, sia qua. Giovanna invece rimane sempre a Palazzese in giardino chiacchierare con i vicini di casa. Sono anche amici e spesso facciamo delle belle tavolate insieme. Sono tutti molto cordiali e mi vogliono bene.

Anche di sera usciamo e con Andrea e Giorgio andiamo tutti a divertirci. Insomma appena arriva l'estate, noi partiamo tutti per l'Abruzzo, fantastica terra e per me questo è il periodo migliore. Scorrazziamo all'aria aperta, mangiamo prodotti sani e ci divertiamo tutti insieme. Achille è proprio come un ragazzino. Ne combina di tutti i colori. Giovanna lo sgrida sempre ma lui se la ride. Fa bene, è così che bisogna vivere. Anch'io a volte vorrei essere come lui, allegro, vivace e amante della vita.

Con lui si va sempre in giro e ovunque è ben accetto. Una cosa che ama fare è prendersi l'aperitivo. Così verso sera si va tutti al bar delle Rose a fare l'happy hours. Mi fa ridere Achille perché s'inventa i nomi in inglese e così ci si fa delle belle risate. Ciò che lui non ama fare è la spesa con sua moglie. Ha ragione, perché al supermercato Giovanna ci passa troppo tempo. Allora lui mi porta insieme e con la scusa che ci sono anch'io, non entra e mi porta in giro per il paese. Quando Giovanna ha terminato di fare la spesa, ritorniamo a casa. Allora lì, iniziano le scenate da baracconi. Achille vuole la birra o qualcosa da bere e da mangiare e lei le dice di no! Alla fine lui prende dal frigo quello che vuole e poi si mette fuori e fa lo spuntino. È strana Giovanna, perché non vuole che Achille pasticci, ma lei quando non c'è nessuno che la vede, apre il frigo e mangia tutte le cavolate. A tavola dice che non ha fame e poi quando noi facciamo il riposino, si strafoga il gelato che è rimasto. Che ridere! Ogni volta che Achille le prende il gelato, lei si lamenta perché lo vuole alla frutta, invece lui compra le creme. Insomma io mi diverto un mondo e spero che l'estate non finisca mai. Anche Giorgio e Andrea si divertono come pazzi.

Oramai durante ogni estate, si viene in Abruzzo ed io sono felice come non lo sono mai stato. Ho paura che tutto finisca. Non voglio pensare alle brutte cose, ma ho dei cattivi presentimenti. Siamo nel 2010 e durante questa estate Achille non era com'è sempre stato. Non è stata una bella vacanza, anche se Giorgio e Andrea mi portavano con loro a divertirsi, mi mancava Achille. Spesso rimaneva a casa dicendo di non stare bene. Speriamo si rimetta. Mancherebbe solo che ci lasci. Non potrei sopportarlo. Che cosa farei senza di lui? Ho un brutto presagio. Sono sempre stato molto sensibile e qualcosa mi dice che il futuro non mi offre niente di buono. Cerco di parlare con i miei angeli, ma loro sembrano essersene andati. Oppure sono io che non ho la forza di ascoltarli. Mi sento disilluso, solo e abbandonato. Cerco di stare vicino ad Achille, ma lui mi dice di andare con gli altri a divertirmi. Spesso rimango sotto la palma a riposarmi con lui. Lo vedo troppo stanco, come se fosse stufo di vivere. Sento cattiva energia e non mi piace. Lo so che sono destinato all'abbandono.

Dopo il tramonto come il solito ci sarebbero stati i fuochi d'artificio. Achille ci ha sempre portato a spasso in centro. A Ferragosto ci si diverte. Non mi piacciono i rumori, però è bello vedere tanta gente allegra che passa le serate in compagnia. Nonostante ci sia sempre un traffico mai visto mi è sempre piaciuto andare in giro durante la notte bianca. Adesso invece siamo già tutti a letto. Sento Achille respirare male.

IL PICCOLO BASTARDO

Ogni tanto si tocca il petto. Sento che ha paura. Ho fatto un brutto sogno.

Ero in alta montagna e passeggiavo con Achille. A un certo punto mi ha detto di non sentirsi bene. Gli mancava il fiato. Non riusciva a camminare e non sapevo come aiutarlo. Avevo cercato di fargli capire che bisognava tornare a casa, ma lui diceva che indietro non si torna mai. Ormai è giunta la fine e non può fare altro che continuare il suo viaggio che lo condurrà alla Luce. Non capivo cosa dicesse e lui continuava a salire. Perché non tornavamo sulla strada del ritorno? Glielo chiesi e lui mi rispose che quella era la sua via. Stava tornando a casa, quella vera. Gli mancavano pochi mesi. La strada era faticosa, ma vedeva sempre di più la Luce. Ero terrorizzato, avevo paura perché stava arrivando il tramonto e a poco il sole non avrebbe più rischiarato la montagna. Il sentiero non era più illuminato come prima. A un certo punto, una miriade di farfalle colorate ci avvolse. Erano bellissime. Lui sembrava stare meglio. Mi disse, senza fiato: "Hai visto, mi sono venute incontro, significa che manca proprio poco alla cima!". Non compresi, ma le farfalle erano davvero uno spettacolo particolare. Tante, troppe e bellissime.

Mi svegliai all'improvviso, era notte fonda e Achille non era nel suo letto. Sono andato a cercarlo perché mi sentivo in ansia. Era in bagno. Poi subito in cucina a bere. Le vacanze stavano per finire e con loro un sogno meraviglioso stava prendendo le sembianze di un incubo.

IL PICCOLO BASTARDO

LUI HA PRESO IL VOLO

Quando mi preoccupo, c'è un perché; forse, però sono le mie ansie a restituirmi gli incubi. Comunque Achille a novembre è andato in ospedale. Da quel giorno non l'ho più rivisto. Sono costernato e sconsolato e mi sembra mi sia caduto il mondo addosso. Intorno a me vedo facce sconsolate e nessuno parla di lui. Fanno finta che sia vivo, ma ormai non c'è più e lo so. Se n'è andato durante la notte di Natale. Infatti, mi è venuto a salutare e a dire che se ne sarebbe andato. Era amareggiato e nello stesso tempo felice. Mi ha fatto sapere di stare bene. Il suo fisico ancora resiste ma il suo spirito si sta preparando al volo! Dopo giorni al buio, in quel gelido letto d'ospedale, dove vegetava, ci ha lasciati definitivamente a Gennaio. Appena ha lasciato il corpo, ho visto una farfalla color indaco, con delle striature viola. Era bellissima, ma mentre la guardavo assopito, lei se n'è andata sulla stessa scia di Achille. So che il suo funerale è stato molto diverso da tutti gli altri. È stata una bella festa di addio, lui si meritava tutto questo. Non bisogna piangerlo, anche se ci manca fisicamente. So che è tra di noi, lo percepisco, ma mi mancano le sue risate, i suoi divertimenti e le sue follie.

Vi voglio raccontare di una sera. È stata tra le più divertenti della storia. Eravamo insieme, con Andrea e Giorgio, nella stanza da letto. Quella sera sembravano tutti più agitatati del normale. Achille ha detto che era la sera di Halloween e bisognava festeggiare. Così dopo aver preso le lenzuola bianche si aggirava per la casa come se fosse uno spettro. Il letto era ormai diventato un campo di battaglia e la casa risuonava delle urla di Achille che faceva il fantasma e delle risate dei ragazzi. Io li seguivo impietrito ma nello stesso tempo divertito. Poiché era tardi, Giovanna aveva paura che i vicini si lamentassero, così ci ha sgridato tutti e ci ha obbligato a dormire. Non abbiamo preso sonno subito perché eravamo agitati. Giovanna l'ha rimproverato ancora, ma lui diceva di essere un fantasma!

Mi mancheranno le sue marachelle, le passeggiate con lui. Giovanna è sempre in casa ed io con lei spesso mi annoio. Solo di tanto in tanto mi porta a fare un giretto. Per fortuna ci sono Giorgio e Andrea. Da quando Achille manca, è tutto triste. La grande casa sembra vuota.

Arrivata l'estate, Giovanna ha voluto andare ancora in Abruzzo. Là, nessuno di noi ci avrebbe passato le vacanze senza Achille. Lei però c'è voluta andare e così è stato. Che brutto! Sono state delle vacanze tristi, perché ogni cosa mi riportava alla mente lui. La sera, senza Achille non è più allegra. Mi ricordo le chiacchierate che faceva con i vicini e le giocate a carte con i ragazzi. Insomma è stato tutto molto malinconico. Non vedevo l'ora di tornare a casa. Io lì non ci voglio più andare! I miei angeli ora mi parlano di nuovo e mi hanno confidato che Achille sta molto bene. Si diverte anche dove si trova ora e prima o poi, al momento opportuno si rifarà vivo. Tornerà sulla terra, perché non ha ancora completato il suo viaggio. Il suo percorso deve continuare. Questo mi ha confortato. Forse lo potrò rivedere, chissà!

Non mi trovo molto bene con Giovanna, mi tratta un po' come se fossi uno stupido. Mi dice cose che non mi piace tanto sentire. Insomma, ma perché la mia vita deve essere così? Vorrei tanto vivere tranquillo e divertirmi. Lei non è per niente divertente ed io mi annoio a morte. Almeno al centro avevo degli amici. Qui non incontro mai nessuno se non Giorgio e Andrea che mi vogliono molto bene. Forse sono gli unici! Se non ci fossero loro…sarebbe tutto molto malinconico.

La domenica andiamo tutti a casa loro a mangiare. Meno male, così sto in compagnia. Miriam non mi ama molto, ma mi tollera, ed è già vantaggioso. Fulvio mi prende in giro e non mi è molto simpatico. Giada invece, l'amichetta di Andrea mi piace molto. Mi tratta bene e sento che le piaccio. A dire il vero il problema sono gli adulti, perché quando esco con i ragazzi, mi diverto e mi trattano tutti molto bene. La sera, quando devo fare rientro in quella fredda e buia casa, mi viene la depressione. Deve passare una settimana prima di trovarmi in compagnia di tutti. Sono una famiglia simpatica e pazzerella. Che batte Achille, però non c'è nessuno. Lui è il migliore, in assoluto.

Nell'aria c'è odore di trasloco. Ne parlano, ma non ho ben capito se si va o no a Roncello a vivere. Speriamo, almeno ho l'occasione di vedere più spesso Andrea e Giorgio. Così posso uscire con loro e divertirmi. Qui è sempre più grigia. Poi Giovanna ha preso il vizio di andare in ospedale a fare le visite. Sembra che si diverta. Beh, la capisco, forse ha bisogno di attenzioni e tenerezze. Anch'io sono come lei. Mi è mancato molto l'affetto dei miei cari. Forse, è per questo che amo stare di più con gli adulti che con i miei simili. Mi danno quel senso di conforto. Beh, ovvio, non tutti. La megera mi faceva paura. A parte che lei non la considero proprio, potrebbe far parte solo del girone dell'inferno. Una strega senza eguali. Quando incontro per strada qualche adulto che mi fa i complimenti vorrei saltargli al collo e baciarlo, ma tanto non riuscirei. Ho paura di essere un soggetto dal cuore duro. Forse tutto quello che ho passato, mi ha indurito l'animo. Vorrei baciare, abbracciare, ma non riesco. Se gli altri sono carini e affettuosi con me, sono felice, ma io di mia iniziativa non lo faccio, non sono espansivo. Giovanna è come me. Penso che anche lei abbia sofferto da piccola. So che lei è rimasta senza genitori quando era ancora piccolina ed è finita in orfanatrofio, una sorta di centro nel quale sono stato anch'io. La posso capire povera donna. Immagino che infanzia brutta sia stata la sua. Infatti, non è molto contenta quando racconta agli altri la sua storia. Soffre anche lei per essere stata abbandonata. Prima la morte prematura della sua mamma e poi l'orfanatrofio. Molte persone fortunate non immaginano nemmeno che senso di vuoto lasci la perdita di una persona cara, ma la mamma! È come un piccolo infarto, invisibile… ma quella ferita al cuore non può cicatrizzarsi. La portiamo con noi all'infinito.

Achille invece, da piccolo, era stato il principino della casa. Unico maschietto in una famiglia con quattro donne era stato trattato come un re. Infatti, lui ripeteva sempre una frase che faceva sorridere tutti, tranne Giovanna. Diceva, quando non lo trattava bene: "In casa mia c'erano tre regnanti e una regina", intendendo le sorelle e la madre. Così, affermava che lui era trattato bene quando era giovane, mentre da sposato non era più considerato come avrebbe desiderato. Giovanna gli rispondeva sempre che sarebbe dovuto tornare dalla mamma, perché lei era solo la moglie.

Mi facevano troppo ridere quando litigavano. Con loro era uno spasso. Quando si mangiava, Achille alla fine diceva: "Anche oggi, dobbiamo ringraziare la Findus!", così Giovanna si arrabbiava e metteva il *muso*. Lei è brava a fare da mangiare, ma spesso non ha voglia e così cucina cibi surgelati e piatti pronti. In effetti non vi è diversità tra l'odore del loro cibo da quello che mangio io! Naturalmente intendo quando cucina alimenti già preparati! Quando arrivano i suoi nipoti però, la vedo spadellare con più entusiasmo…e allora i profumi cambiano e nell'aria si sente spesso l'aroma dello zafferano…uhm, che buono! Il piatto che preferisce cucinare, quando arrivano Andrea e Giorgio, è infatti il risotto con le zucchine. Siccome a nessuno piace la verdura tagliata grossa, lei le taglia *alla julienne* e poi le mette dentro il riso. Anche le crostate che fa, sono buone. Alla fine non è una cattiva cuoca! Dipende dall'estro!

IL PICCOLO BASTARDO

LASCIAMO LA GRANDE CASA

Finalmente si va a vivere a Roncello. La casa è carina, ma è un quarto di quella di prima. Ha però un bel giardinetto. Non mi piace stare lì però, perché è buio e all'ombra. Anche ora che ci siamo trasferiti però sono sempre in casa. Abitiamo lontani dal centro e lei non se la sente di camminare fino alla piazza, dove potrei trovare qualcuno con cui giocare. Così, aspetto sempre che vengano Giorgio e Andrea a prendermi. Ma loro non sempre riescono perché devono anche studiare e andare a scuola. Quando sono con loro, però mi diverto un mondo. Alla fine sono più felice a Roncello che a Cernusco. Vorrei avere più compagnia; la sera a casa con Giovanna sono assalito dalla disperazione. Lei accende la televisione ma i programmi sono di una noia mortale. Non gioca molto con me, perché preferisce cucire, ricamare e fare le parole crociate.

Ultimamente rimango con Giorgio e Andrea molto spesso. Mi tengono con loro a casa e allora sì che mi diverto. A volte mi fermo anche a dormire. Miriam non è molto contenta. Dice che di maschi in casa ne ha già abbastanza. Peccato, avevo una speranza. Mi piacerebbe molto restare nella villetta; so però che non sarà facile. Quando mi vogliono riportare a casa, cerco in tutti i modi di restare con loro, così Giorgio che è il mio amico del cuore, mi tiene con lui. Cerco di rendermi simpatico, ma non sempre riesco. So di essere un po' musone. Sono migliorato, certo, ma di strada da fare ne ho molta. La gente però apprezza la mia riservatezza e educazione. Insomma non sono proprio del tutto antipatico! Speriamo in un colpo di fortuna! Sarebbe bello rimanere in questa casa. Diciamo che Miriam ultimamente è cambiata. Anzi ogni tanto mi porta fuori a passeggiare. Certo se lei acconsente, io potrò rimanere a vivere da loro. Sarebbe la cosa migliore che potesse accadermi.

Un giorno l'ho passata davvero brutta. Certo che anch'io me le vado a cercare. Sono troppo curioso e così ne ho pagate le conseguenze. Ero in piazza con Andrea, Giorgio e tutti i loro amici. Fantastico! Mi stavo divertendo, perché sono tutti molto simpatici. Mentre si rideva e chiacchierava, a un certo punto mi è scappata la pipì. Così sono andato, dove si recano tutti, per fare i miei *bisogni*. Nessuno però si era accorto della mia assenza, perché c'era una gran confusione di gente e di auto. Io mi sono allontanato senza dire niente a nessuno, tanto avrei fatto in quattro e quattr'otto. Nel cortile, dove sono entrato, ci sono delle case pericolanti. Ho sentito un rumore e pensando a qualche gatto, mi sono avvicinato per vedere. La casa sembrava quella dei film dell'orrore e la mia curiosità ha superato la mia paura. Sono entrato quatto-quatto per vedere cosa ci potesse essere d'interessante. Bene, fortunato come sono, indovinate che cosa è successo? È ceduto un pezzo di pavimento e sono caduto. Non mi ero fatto nulla, ma non riuscivo a salire per uscire da dove ero entrato. Ero disperato. Sapevo che lì, nessuno mi avrebbe trovato. Che cosa potevo fare? Mi misi a piangere ma era inutile. Non potevo andarmene così. E se nessuno mi avesse trovato? E se fossi morto assiderato, vista la stagione invernale? Se non mi avessero *pescato* entro sera, non sarei riuscito a passare la notte. Comunque non sapevo più cosa fare. Non so quanto tempo sia trascorso, forse mi sono anche addormentato. A un certo punto ho sentito la voce di Valerio, amico di Giorgio e Andrea. Indovinate cos'era venuto a fare? Sìì! La pipì. Per fortuna quella scappa a tutti e poiché quello era il posto preferito della compagnia, la cosa mi ha salvato la pelle. Lui si è avvicinato ed io ho iniziato a farmi sentire. Ha capito al volo che ero io e così ha chiamato gli altri per farsi aiutare. Poveretti, per salvarmi la pelle si sono graffiati le mani. Hanno dovuto grattare il muro, aprire un pezzo di parete e liberarmi; non potevano fare altrimenti. Una volta fuori, mi hanno abbracciato, dopo però, mi hanno sgridato. Ci sono rimasto male, anche se ho capito che avevano perfettamente ragione. L'ho passata proprio brutta. Se a Valerio non fosse scappata la pipì, avrei fatto la fine del baccalà.

IL PICCOLO BASTARDO

IL SOGNO DIVENTA REALTA'

Ecco la meraviglia dei sogni, spesso diventano realtà. Il mio si è avverato. Dopo tante speranze, finalmente un altro trasloco, ma questo è quello preferito. Ora sono a casa Dominoni. Questa sì e una vera dimora, piena di colore, di gente allegra e c'è sempre un via vai di giovani. Vengono tutti gli amici, i parenti e famigliari e così, non mi sento più solo. Anzi a dire il vero vorrei rimanere un po' tranquillo, ma sembra che questa parola, qui, non la conosca nessuno. Non mi lamento, assolutamente; non vorrei mai andarmene da qui. Si sta troppo bene. Anche Miriam è diventata socievole e nei miei confronti si comporta molto bene. Si è affezionata e alla fine si è arresa. Poveretta, con quattro uomini in casa. A volte urla, ma ha ragione. Viene a casa e trova tutto in disordine. Sento però che è molto legata a me, poi è felice perché vede che, noi tre, siamo proprio un bel gruppetto. Mi piace stare in saletta con loro, mentre giocano con la X-Box. Ci rilassiamo ed io a volte mi faccio un bel sonnellino pomeridiano. Con loro però vado spesso fuori. Andrea non vuole che diventi un *poltrone*. Mi dice sempre: "Adesso basta bighellonare!" e così ce ne andiamo a fare una bella passeggiata. Ma non vi ho detto come sono finito definitivamente a casa Dominoni. Giorgio spesso mi teneva con lui, perché sapeva che amavo stare in loro compagnia. Giovanna una domenica ha detto che se avessero voluto, io sarei potuto rimanere. Secondo me non vedeva l'ora di liberarsi di me! Non le sono mai piaciuto. È stato Achille che mi ha sempre voluto bene, ma lei si era solo adattata alla situazione. Comunque giacché preferivo stare con i miei amichetti, invece che con Giovanna, (l'hanno capito tutti), alla fine mi hanno accontentato. Tanto la famiglia è questa! Giovanna, la vedo solo la domenica e non molto volentieri, perché ho paura che qualcuno cambi idea e mi voglia far ritornare a vivere con lei. Ho capito però che questo non potrà più succedere. Giorgio è molto affezionato a me e Giovanna invece è un tipo intraprendete e che ama vivere da sola e farsi gli affari propri. Non ama molto avere gente in giro e cose da fare. Preferisce organizzarsi la giornata come meglio crede senza dover dipendere da nessuno e senza che qualcuno la vincoli. Sì, è un bel *peperino*. Nonostante l'età non la ferma nessuno. Ora è in ballo per cambiare casa un'altra volta. Per fortuna mi sono trasferito con gli atri. Un altro trasloco non l'avrei sopportato. Ho fatto più cambi di casa io che un agente immobiliare. Forse acquisterà un appartamento vicino alla nostra e al centro del paese. Così potrà andare al mercato e nei negozi a fare la spesa senza dover percorrere troppa strada.

Mi piace stare con loro, finalmente mi ritengo fortunato e ho realizzato il mio sogno: avere una famiglia che mi accetta per quello che sono. Quando vedo Giovanna, faccio finta di niente e la evito perché sono terrorizzato che mi voglia riportare con lei. A volte mi accorgo di non essere proprio educato, ma non faccio apposta. Mi rendo conto di essere un po' malmostoso, ma chi non ha difetti? Tutti abbiamo le nostre paure e le nostre fissazioni. Del resto ho avuto sempre una vita un po' agitata e le novità mi spaventano ancora.

Da quando non c'è più Achille, non si va più a Roseto e un po' mi dispiace perché lì si viveva all'aria aperta e facevo quello che volevo; mi sentivo libero, senza obblighi e costrizioni. Mi manca proprio sia lui, sia l'Abruzzo.

Nel frattempo sono successe un po' di novità. Per esempio Giorgio ora ha una fidanzatina. È carina e le voglio bene perché è simpatica, però a volte mi fa arrabbiare. Veramente lei non c'entra; se devo essere sincero, sono io che me la prendo perché sono geloso. Non amo molto avvenimenti nuovi e disturbanti. Mi piace vivere tranquillo nel mio tran-tran quotidiano, senza tante storie. Nella casa, in cui vivo ora, c'è sempre un via-vai di ragazzi e ragazze. C'è chi va, c'è chi viene, non è che si stia molto in pace. Era più silenziosa la casa di Giovanna. Vedete come sono? Non mi va mai bene niente, mi lamento sempre. Invece ho solo da ringraziare, perché questo via vai mi rallegra e mi tiene attivo. Per un tipo chiuso come me, forse questo è quello che mi ci voleva. Mancano solo un po' di regole, non sempre si fanno le stesse cose. Io sono un tipo un po' metodico e abitudinario. Preferisco avere i miei orari per mangiare, dormire e uscire. Qui invece è tutto un'improvvisazione. Magari sto riposando e loro vogliono uscire; ma lo stesso sono felice, perché mi trovo con i miei *fratelli adottivi* che sono davvero persone speciali. Mi vogliono molto bene, anche se mi sgridano quando serve. È come se fossero loro i miei genitori. Miriam è un po' troppo severa, ma alla fine con lei mi trovo bene; e poi cucina alla grande. Forse sono anche un po' ingrassato. Lo dice Giada, la fidanzata di Andrea. Anche lei mi è simpatica, forse più di Alicia. No! Non è vero, è solo la mia gelosia che parla. Sono molto legato a Giorgio e quindi lo vorrei sempre con me. Non sono l'unico al mondo, lo so! Lui mi porta spesso in vacanza e dovunque vada, se possibile, mi tiene con se. Con loro sono andato al mare, in montagna, al lago, insomma sono sempre in giro.

Ho molti amici. Sono diventato abbastanza socievole, anche se preferisco restare in casa a poltrire. Sono un pochino pigro, lo ammetto. Qui a Roncello è tutta un'altra cosa. Mi sembra di essere rinato. Quando rimango in giardino mi metto a prendere il sole e mi rilasso, accompagnato dal canto degli uccellini. Qui sono davvero tanti! Ogni volta che rientro in casa, Miriam mi pulisce le zampette e il sederino. Giorgio le dice di smetterla, altrimenti mi consuma! È sempre un po' fissata con il pelo, lo sporco e il bagnato, ma mai quanto prima. Adesso è più serena!

IL PICCOLO BASTARDO

ORA SONO FELICE!

Che bello scorrazzare per i prati con i nostri amici! Ho trovato una nuova compagna di giochi, amica di Giada. Si chiama Belen, sì, come la show girl! È simpaticissima, un po' pazza e invadente ma mi piace giocare con lei. Belen si è presentata così, una sera, senza preavviso. Appena mi ha visto mi ha preso

in simpatia e voleva giocare, ma io essendo un po' timido facevo fatica ad apprezzare tutta quell'energia e quell'esuberanza. Sembra un grillo, non sta mai ferma, vuole uscire, poi entrare. Non è mai stanca. Sembra avere delle pile ricaricabili in corpo: più gioca è più è carica. Poi però all'improvviso si addormenta e non si sente più. Come tutte le novità quando è entrata nella mia vita, non sono stato molto felice. Ripeto, mi piace la consuetudine e tutto ciò che non conosco all'inizio, m'infastidisce. Ora però è proprio un'ottima amica, anche se instancabile. È piena d'iniziative. Quando vado a casa sua, giochiamo nel suo spazioso giardino. Anche lei è fortunata, perché si trova in una bellissima famiglia. Quando usciamo insieme, è uno spasso. Siamo in tantissimi, una bella compagnia; e sono tutti molto simpatici. Il posto che adoro di più è in campagna: è la casa del nonno di un nostro amico. C'è una bella casetta di legno circondata da campi, erba e alberi dà frutti. Lì organizziamo feste e facciamo delle belle grigliate in compagnia. Insomma non mi manca niente. Quando torniamo da lì, puzziamo di bruciato, perché, se fa freddo, accendiamo un bel falò. Si canta, si balla e si mangia bene. Insomma a dire il vero cosa mi potrebbe mancare? Nulla, dico con il cuore in mano che la vita mi è cambiata e dalla mia nascita tutto è migliorato un giorno dopo l'altro.

Mi sono accorto di saper leggere nel pensiero delle persone e non sempre questo è un fattore positivo, anzi! Sono sensibilissimo e mi accorgo dei sentimenti altrui. Così quando i pensieri sono positivi e veritieri, sono felice, altrimenti mi deprimo. Altro mio grande difetto, come ho già ripetuto, è la gelosia. So che mi amano tutti, ma questo sentimento a volte mi dilania. Quando mi comporto male, vengo sgridato, ma so che lo fanno per il mio bene. Infatti, un po' mi sembrava di essere migliorato, ma cosa è accaduto? È arrivata tra di noi, Bimba, una buffa cagnolina. Arriva dalla cucciolata dei cagnolini di Alicia. Indovinate di chi è? Di Giovanna! Finalmente ha realizzato il suo sogno di avere una piccola cagnetta. Dopo essersi liberata della mia presenza ingombrante, ecco che si è presa una nuova compagna. Quindi la mia gelosia è salita alle stelle, uno perché mi sono sentito tradito. Se voleva restare sola, perché si è presa, *sta accidenti* di Bimba? Tra l'altro quando arriva lei, sembra che nessuno si accorga della mia presenza. Anzi a dirla tutta, sono concentrati talmente tanto su quel *mocio vileda*, che si dimenticano che anch'io ho bisogno di affetto. Arrivano tutti a trovarla, si fermano a cena, sembra che in casa ci sia la regina d'Inghilterra. Dicono tutti che è carina, invece è solo un insieme di peli bianchi:

nemmeno gli occhi si vedono! Ah, certo! Forse è di una razza più pregiata della mia. Lo so di essere un piccolo bastardo, e forse nemmeno così piccolo. Lei invece ha pochi mesi, è simpatica, giocherellona e affettuosa. Lecca sempre tutti e le persone sembrano apprezzare. Ma cosa ci posso fare se non so baciare? Lei invece è molto espansiva e quindi tutti le fanno i complimenti. Io non la sopporto molto, perché è peggiore di Belen. Almeno la mia amica, ogni tanto si riposa; Bimba sembra instancabile. E poi che stress… continua a saltarmi addosso e se non gioco con lei mi morde le zampe con i suoi dentini che sembrano aghi appuntiti. Posso dirlo in confidenza: "È odiosa!". Con quella codina sempre scodinzolante, è patetica. Pensa di essere carina solo lei e si gasa tutta. Per me è solo una sciocca, viziata. Infatti, fa la pipì e la cacca ovunque. Quando arriva a casa nostra, oltre ad andare in giro per tutti i locali, disturbarmi e rubare il mio cuscino, fa' i suoi bisogni, dove si trova. Il bello è che nessuno dice niente. Una volta che l'ho fatto io (per farmi notare!), è successo il finimondo. Chi urlava, chi imprecava, senza contare che poi mi hanno messo in giardino, in castigo. Lei invece, no! Può fare ciò che vuole solo perché è un *Bichon Frisé*. Io allora, che sono quasi un *Cirneco dell'Etna,* ditemi voi, come dovrei comportarmi? Beh, in effetti, un pochino aristocratico lo sono, cioè, più che esserlo, mi comporto come tale! Me lo dicono anche in famiglia: "*Guarda che faccia, che fa*!". Mi prendono sempre in giro, per questo mio modo di essere, ed io a volte me la prendo. Un'altra cosa buffa, del mio carattere, è che non riesco a sostenere lo sguardo. Ancora adesso, che mi sono ambientato e non faccio più il *timidone*, mi riesce difficile guardare negli occhi i miei padroncini. Soprattutto se alzano la voce, mi viene voglia di scappare via, ma poiché so che non mi farebbero mai del male, giro la faccia dall'altra parte e faccio finta di niente. Alcune volte però loro se la prendono e mi dicono: "Se vuoi il biscottino, allora devi guardarmi!". "Uffa!", penso; quando fanno così, mi verrebbe voglia di dargli una *morsicatina*, ma poi so che non lo farei mai! Anche loro lo sanno che sono troppo buono. A causa di questa mia qualità a volte mi fanno i dispetti. Sono sciocchezze, ma a me dà fastidio se mi prendono in giro. Sì, lo so sono un po' permalosetto, del resto anche i miei padroncini lo sono. Non tutti, ma qualcuno in famiglia lo è.

Alicia per esempio, fa finta di picchiare me o Giorgio; questo stupido gioco lo fanno anche Fulvio e Miriam. Lo sanno che mi dà fastidio quando alzano le mani, ma loro sembrano divertirsi un mondo. Boh, va a capire 'sti umani. C'è da dire che però non mi hanno mai fatto nulla di cattivo. È solo che io non sono un tipo scherzoso, sto piuttosto sulle mie e certi divertimenti m'infastidiscono. Ma c'è di peggio: quella pestifera della Bimba, che oltre a farmi ingelosire, mi stanca letteralmente. Starò forse diventando vecchio? Non lo so, ma provate voi a stare un pomeriggio intero con quella folle che corre e salta. L'altro giorno mi è venuto il mal di testa. Vorrei morderle quella pelosa testolina riccia, e so che le farei molto male…lei però fa di tutto per stremarti. Poi mi sgridano se abbaio con cattiveria. Beh, basta parlare della piccola presuntuosa, altrimenti divento pesante e forse mi potrebbe tornare la dermatite! Non voglio essere cattivo, perché il mio animo è buono, è solo la gelosia che mi rende un po' antipatico. Lo sanno tutti che alla fine sono un pezzo di pane.

Questa però la devo raccontare. Per colpa dell'ultima venuta, che pensa di essere la padrona di casa, mi sono talmente arrabbiato che sono rimasto sconvolto per due giorni. In concreto, lei è arrivata, pavoneggiandosi come una prima donna e a tutti i costi voleva giocare. Siccome erano tutti concentrati su di lei, io mi sono proprio ingelosito, soprattutto perché anche Giorgio e Andrea, guardavano più lei di me. Quando è andata a casa, avrei voluto festeggiare. Ormai però ero troppo arrabbiato e non riuscivo a calmarmi. Il lunedì, è arrivata la mia amica Belen, che come il solito si scatena come una folle. Quella è un'altra che, se non le dai retta, te ne combina di tutti i colori. Poi vuole comandare, ma non sa che in casa mia non lo può fare. Così, per farla breve, ero tanto stressato, che non avevo voglia di giocare. Lei insisteva e alla fine le ho morso la gamba. Non ho stretto i denti e sono sicuro di non averle fatto male, ma naturalmente tutti si sono arrabbiati con me. Giorgio continuava a dirmi: "Ma sei preso male?", con quel tono scanzonato che ha lui. Così mi sono irritato con tutti e me ne sono andato di sopra in una delle camere, per non vedere nessuno. Quando le cose si mettono così, mi dico: "Certo che era meglio a Cernusco, quando non c'era nessuno tra i piedi!", poi, però mi faccio un esame di coscienza e penso che sono proprio cattivo a pensarla in questo modo. Sto davvero bene con la mia famiglia e amo tutti, forse anche quel coso bianco che sembra uno spolverino. Infine lei è così carina con me. Ognuno ha il suo carattere e come desidero che gli altri capiscano me, è giusto che anch'io faccia la stessa cosa. Mi ripropongo sempre di migliorarmi, perché anch'io non sono uno stinco di santo e a volte pecco un po' di presunzione. Non voglio che mi dicano che sono opportunista, anche se penso che abbiano un po' di ragione. In effetti, quando desidero qualcosa, faccio di tutto per ottenerla e a volte faccio proprio il finto tonto. Per esempio, il mio posto preferito è il divano, ma non sempre posso sdraiarmi, come fa il resto della famiglia, soprattutto se devono fare i mestieri. In questo caso, mi lasciano addirittura in giardino, se non piove, ma a me la cosa non piace molto. Così, se qualcuno apre la porta, filo dentro come un razzo e mi metto sul divano a riposare. Se mi beccano però, mi sgridano. Fulvio urla sempre che sono un cane opportunista, ma alla fine mi vuole bene; anzi è sempre lui che mi offre qualche biscottino durante la colazione. Insomma, sono un cane anch'io un po' viziatello, ma va bene così. Diciamo che la vita di adesso è un compenso per la brutta infanzia.

Sapete una cosa? La mia breve convivenza con la megera, mi ha lasciato tracce indelebili. Eravamo molto piccoli, quando ci faceva i dispetti e questo mi ha lasciato un brutto ricordo, tanto che quando qualcuno alza le mani, lo prendo come un affronto. Inconsciamente ho paura di prendere le botte. Ecco perché non mi piace quando loro vogliono scherzare, muovendo forte le mani sopra di me! Mi viene spontaneo abbaiare, anche se so che è un gioco. Così mentre abbaio, scodinzolo per far comprendere che non sono spaventatissimo, ma che il gioco non lo gradisco. A volte però sono proprio insistenti. Certo che gli umani a volte sembrano non ragionare molto. Non si rendono conto che i nostri sensi sono più sensibili dei loro. Noi sentiamo i rumori, i profumi e gli odori, meglio di come vengono percepiti da loro. Nonostante ciò sembra che non lo sappiano. Studiano, s'informano, ci osservano, ma questo non fa migliorare il loro comportamento nei nostri confronti. Se sapete che ci danno fastidio i rumori forti, perché ci portate con voi a vedere e sentire i fuochi d'artificio? O peggio c'è gente che li fa esplodere in giardino con noi nei dintorni. E poi dicono che siamo i loro migliori amici; per fortuna! Chissà se fossimo nemici! Mancano di sensibilità, come se fossero solo loro gli abitanti della terra. Non parlo di tutti, in effetti, molti hanno rispetto per gli animali, forse troppo! Altri, invece, sembrano che ci trovino gusto a farci del male. Ci sono animali che sono davvero seviziati e questo non lo posso comprendere. Facile prendersela con i più deboli. Senza però andare a trovare eccessi, anche nella vita comune ci sono famiglie che prendono gli animali, poi non riuscendo a curarli, li abbandonano. Ci sono, infatti, molti cani randagi in giro e per loro mi dispiace molto. La mia famiglia non farebbe mai queste scelte inumane, ne sono sicuro. Anzi loro mi curano fin troppo bene. Miriam è fissata e mi lava sempre, mi pulisce le zampe e gli occhi. Forse farebbe bene a lasciarmi un po' stare ma meglio essere curato troppo che poco. Si preoccupa anche di sapere se ho fatto o no i bisogni e sgrida Giorgio e Andrea se non mi hanno portato fuori durante il pomeriggio. Lei mi porta tutte le mattine, prima di andare al lavoro. Ci facciamo una bella camminata vicino ai campi. Anche se piove, usciamo. Ci sono cani più sfortunati che sono chiusi in garage, in cantina e non escono mai se non per fare i loro bisogni. Naturalmente, non vanno a passeggio, sono portati fuori giusto il tempo per fare pipì e cacca. Mi chiedo, perché certe persone debbono tenere gli animali se non sono in grado di gestirli? Per esempio c'è un cane nei dintorni che piange sempre e abbaia per cercare un po' di affetto. Lo fa per tutto il santo giorno perché è a casa da solo, poveretto! Mi fa tanta pena; a furia di abbaiare è diventato afono e adesso stona quando urla troppo. Il mondo è pieno di cani e gatti che soffrono, quindi confermo che la vita alla fine mi ha fatto un bel regalo: la mia famiglia. Ringrazio ancora tutti quelli che mi amano e mi apprezzano per quello che sono. Bisogna saper prendere da ognuno di noi il lato bello, evitando di soffermarsi sulle caratteristiche meno attraenti. Farò così anch'io con quel diavolo della Bimba. In fondo lei mi vuole bene ed io devo comprendere che è ancora troppo piccola. Cercherò di insegnarle qualcosa di positivo e costruttivo. Le farò sapere che come me è fortunata a trovare una casa, non tutti lo sono. Ora ho anche accettato il mio nome, non penso più a *Cesare*. Mi piace molto anche Billy! Anzi, forse è anche più adatto a me!

IL PICCOLO BASTARDO

CONCLUSIONE

Credo che sia giusto sperare ed essere positivi sempre, aiuta! Essere ben motivato non vuol dire comportarsi da sprovveduto. È giusto però credere che i fatti e le cose possano migliorare e prendere la giusta via. Se non avessi creduto nel futuro forse oggi, sarei ancora nella vecchia casa di accoglienza. Invece ho sperato sempre di essere circondato da persone speciali e così è stato. Ora la mia vita è davvero una meraviglia. I miei incubi sono finiti e sto davvero bene. Così, consiglio a tutti coloro che leggeranno il mio diario, di sperare sempre in un'esistenza migliore di quella che stanno vivendo. Chiediamo e ci sarà dato. Ricordiamoci però, di ringraziare per tutto quello che abbiamo ricevuto, che riceviamo e che riceveremo.

Mi Dispiace, Ti Prego, Perdonami, Grazie, Ti Amo!

Firmato: Billy

IL PICCOLO BASTARDO

ECCOMI: Questo sono io!

Finito di stampare nel mese di Luglio 2017
per conto di Youcanprint *Self-Publishing*